TINA Superbruixa

Brúixola

Direcció:
Trini Marull

Edició:
Montserrat Ballaró i Cristina González

Producció:
Mar Morales

Il·lustracions:
Birgit Rieger

Traducció:
Marga Gómez

Disseny de coberta:
Miguel Ángel Parreño

Títol original: *Hexe Lilli und das wilde Indianerabenteuer*

Mallorca, 45
08029 Barcelona

AKS64100031
ISBN: 84-8304-168-5
Dipòsit legal: M. 8.745–2003
Printed in Spain

Tina Superbruixa

i els indis

Brúixola

4a edició

Al final d'aquest llibre
trobaràs alguns trucs
indis del gran cap
Cavall Cofoi.
Però no siguis impacient i...
arriba
a la pàgina 113!

Aquesta és la Tina, la superbruixa protagonista de la nostra història. Té més o menys la teva edat i sembla una nena normal i corrent. Bé, en realitat ho és..., encara que no del tot. I és que la Tina té una cosa molt poc comuna: un llibre de màgia!

Un bon matí, la Tina es va trobar aquest llibre al costat del llit. Que com és que va anar a parar allà? Ni idea.

La Tina només sap dues coses: que l'eixelebrada bruixa Baduixa se'l va deixar oblidat en un descuit, i que el llibre conté encanteris de debò i uns trucs de bruixa d'allò més esbojarrats. La Tina ja n'ha provat uns quants. Però compte...!

Val més que no intentis imitar els conjurs de la Tina, perquè...

Si en llegir una paraula t'equivoques,
el teu raspall de dents esdevindrà escombra;
la professora, un monstre abominable;
i el gelat que et mengues,
un cogombret en vinagre.

Per si de cas, la Tina Superbruixa no ha dit a ningú res del seu fantàstic llibre. És, com si diguéssim, una bruixa autèntica, però secreta. Ha amagat l'existència del llibre de màgia fins i tot a en Pitus, el seu germà petit, i això no li ha resultat gens fàcil, perquè en Pitus és molt i molt tafaner, i a vegades fins i tot pot resultar una mica pesadet. Però, malgrat tot, la Tina l'adora.

Bé, doncs..., a continuació, capbussa't en el plaer de la superlectura amb les aventures de la Tina Superbruixa!

Capítol 1

La Tina és a la seva habitació, llegint un llibre asseguda a terra amb les cames creuades com un indi. La història deu ser d'allò més emocionant, perquè la Tina té la cara vermella com un pebrot i de tant en tant fa un petit bot.

BANG! Què ha estat això? Qui ha disparat?

La Tina alça el cap i es troba en Pitus, el seu germà petit, just davant d'ella. Una altra vegada ha tornat a entrar a la seva habitació sense ni tan sols trucar a la porta! És allà, palplantat, bufant el canó de la pistola de jugar com si fos un cowboy de l'Oest després de vèncer en un duel. A la Tina no li fa cap gràcia.

—Com se t'acut espantar-me així?

En Pitus arronsa les espatlles i enfunda la pistola a la bossa vella de la mare que li serveix de pistolera.

—Ja llegeixes una altra novel·la de l'Oest? —demana ell, a la fi.

—No! —respon la Tina alhora que tanca el llibre de cop.

Ha mentit, però per res del món no està disposada que el seu germà petit s'assabenti del que està llegint, o tornarà a tenir problemes. L'última vegada que va llegir a en Pitus una novel·la de l'Oest, el pare va acabar prenent-la-hi.

Era una història de cowboys estupenda.

—Massa forta per a en Pitus —va dir el pare, i es quedà el llibre.

Però en Pitus no es rendeix tan fàcilment.

—I si no és una novel·la de l'Oest, aleshores de què tracta? —pregunta.

—És un llibre de matemàtiques —diu ella.

—Per a cowboys?

—Per què ho dius? —demana la Tina molt sorpresa.

—Perquè hi ha un home de l'Oest a la tapa.

Ves per on! La Tina s'ha tornat a equivocar amb el seu germà: és més llest del que sembla!

La Tina respira fondo i es plega de braços, de la mateixa manera que el gran cap Brau Cantaire de la història que està llegint:

—He d'admetre que la intel·ligència del petit nen blanc és més gran que la seva alçada. Hau, he parlat!

—I això què vol dir? —continua donant la tabarra en Pitus.

—Doncs vol dir el següent: que abans que el germà Sol desaparegui per trobar-se amb la germana Lluna, el germà Pitus desapareixerà de l'habitació de la germana Tina si no vol que ella l'en tregui per la força.

En Pitus mira la Tina amb els ulls oberts com taronges i, abans que pugui dir una sola paraula, ella l'empeny fora de la seva cambra i acaba:

—Hau, he parlat!

Però en Pitus torna a entrar a l'habitació immediatament. Sembla que les empentes de la germana no l'han molestat gens ni mica.

—Tots els cowboys parlen d'aquesta forma tan estranya? —demana.

—No —-li explica la Tina—. Els que parlen així són els caps indis. I si és veritat el que diu el meu llibre, el gran cap Brau Cantaire cantava fins i tot els discursos.

—I això ho diu el teu llibre de matemàtiques?

—Més o menys...

—Aleshores les matemàtiques que tu estudies deuen ser divertidíssimes —comenta en Pitus-—. Em moro de ganes d'arribar al teu curs: a la classe de matemàtiques ho estudiaré tot sobre els caps indis!

La Tina no pot evitar un somriure. La veritat és que en Pitus no té ni idea del que són les matemàtiques de veritat, però com tots els nens petits, té moltes ganes d'estudiar coses de grans.

—A més, jo ja sé fer comptes la mar de bé —afirma en Pitus—. U més u, dos. Dos més u, tres.

—Molt bé! Segur que ja gairebé et saps les quatre regles —diu la Tina amb to d'aprovació. Però després dóna un copet al seu llibre i afegeix:— Encara que els indis del salvatge Oest estudien les quatre regles d'una manera una mica diferent, concretament així: *quatre indis* de cacera, més *un ramat de búfals* en un gran territori de caça, més *un cowboy* que va per allà armant escàndol sense motiu, espantant el ramat de búfals i esguerrant la cacera dels indis fan un resultat d'*una empipada monumental* menys *una cabellera*.

En Pitus xiula entre dents amb cara d'admiració, a pesar que no n'ha entès ni un borrall.

La germana afegeix:

—Al salvatge Oest les fraccions són importantíssimes. Fixa-t'hi!: *tretze homes* al *saloon* més *un pianista* que toca fatal fan *un piano trencat, un mirall de bar trencat, un mínim de sis nassos trencats, unes quantes potes de cadira trencades, un taverner* el cor del qual gairebé *es trenca* a causa de la ràbia i *un pianista* que *s'esprem* el cervell pensant on trobarà una altra feina.

En Pitus no entén res de res. Possiblement fins i tot la professora de la Tina tindria dificultats amb aquesta forma tan estranya de fer els comptes!

En qualsevol cas, la Tina s'ha animat tant amb els seus disbarats sobre l'Oest que, de cop i volta, sent unes ganes enormes de viatjar una altra vegada fins allà. Per a ella això no és cap problema! I és que de la seva última aventura al salvatge

Oest va portar una cartera de cuir. Si l'estreny contra el pit i pronuncia l'encanteri adequat, la cartera la durà de dret al magatzem del *saloon* de la Costella Coent.

—Costella Coent... —mormola la Tina, i de sobte veu davant d'ella la valenta mestressa del *saloon* de Bourbontown..., encara que només en la imaginació, és clar.

Al costat de la Costella hi ha en Bobby Músculs, alt i fort, i tots els altres personatges que va conèixer durant la primera visita: en Tombet, l'enterrador, que, per cert... encara deu tenir tanta feina? I el Vell Moltó Esquilat... Encara li deu fer tanta picor la seva samarreta aspra quan sent acostar-se el perill? Tampoc no es pot oblidar de la temible banda dels Fibló: tant de bo encara siguin a la garjola! Perquè els seus tres membres aleshores van jurar que es venjarien a sang i fetge...

A la Tina li encantaria fer ara mateix el «Salt de la bruixa» per viatjar al salvatge Oest. Però no pot. Ni en Pitus ni cap altra persona no ha de saber res de les seves arts màgiques. La Tina és una Superbruixa secreta i vol continuar sent-ho. A més, abans d'emprendre el seu viatge ha de fer alguns preparatius. Per exemple, necessita un altre cop bales màgiques. I precisament per això en Pitus ha de desaparèixer de la seva cambra.

—Pitus, t'agrairia molt que em deixessis sola. M'he de preparar.

—Preparar-te per a què? —vol saber el germà.

Ella es limita a fer que no amb el cap en silenci i en Pitus acaba per emprendre la retirada.

La Tina espera uns quants segons, fins que se sent completament segura que ningú no vindrà a destorbar-la. Aleshores treu el seu llibre secret de màgia de l'amagatall de sota el llit i agafa un paper per anotar-hi els encanteris.

En primer lloc necessita una fórmula per a fabricar bales màgiques. Després de fullejar el llibre, la troba sota el títol «Bales de caçador màgic». La Tina ja sap que aquestes bales sempre encerten l'objectiu, sigui quin sigui i a qualsevol distància que es trobi.

Per a fabricar aquests objectes necessita bales normals per a transformar-les amb l'ajut de la màgia. I com que es troben a qualsevol indret del salvatge Oest, la Tina es limita a apuntar l'encanteri.

Però de cop i volta s'adona d'una cosa. Oh, no! Com és que se n'ha oblidat? El llibre diu amb absoluta claredat que només es poden fabricar tres bales màgiques l'any, i encara no ha passat un any d'ençà de la seva última visita al salvatge Oest. Òndia! Aquestes bales són importantíssimes per a ella. Òndia, òndia i més òndia! Encara que, i si...?

De sobte se li ha acudit una idea. Potser trobarà un encanteri per a fabricar fletxes màgiques. Perquè en aquest «Salt de la bruixa» a la Tina li agradaria conèixer indis de veritat, i pensa aconseguir una autèntica fletxa índia en un poblat indi de debò.

La Tina fulleja ràpidament el llibre, però, per més que busca, és inútil. Enlloc no hi diu res de fletxes màgiques. De manera que no li quedarà altre remei que convertir les fletxes normals en fletxes màgiques fent servir el conjur de les bales màgiques. Tant de bo que funcioni!

Aleshores torna a capbussar-se en el llibre en cerca d'encanteris que pugui fer servir en la seva aventura índia.

Mentre passa els fulls, la Tina recorda el que ha llegit sobre els xamans a les novel·les de l'Oest. Els xamans són els fetillers i remeiers dels indis; tot sovint se'ls anomena també «homes medicina». En cas que la Tina trobi un xaman de debò durant el seu viatge, potser aconseguirà impressionar-lo amb un parell de bons trucs.

—Ves per on, aquí n'hi ha un —mormola.

De sobte s'atura. S'ha sentit un soroll al passadís? Deuen ser els pares, que tornen de treballar. La Tina amaga a corre-cuita el llibre de màgia sota el llit. Però en lloc d'entrar a la seva habitació, els pares se'n van directament a la cuina, així que la Tina pot dedicar-se a triar la roba que s'endurà per al viatge sense que ningú no la destorbi.

Com que encara conserva de l'últim carnaval una cinta per a posar-se al front, la Tina hi col·loca la ploma d'àguila que va agafar al zoo. I amb la funda vella d'un paraigua de la mare es fabrica un carcaix. Ara només li queda treure de l'armari la disfressa de Pocahontes i... ja està! Si ara mateix els pares traguessin el nas per la porta es pensarien que la Tina s'està preparant per a un joc d'indis d'allò més emocionant. I en certa manera és veritat, oi?

Capítol 2

Tot està a punt per al viatge. La Tina s'ha ficat a sota el cobrellit, vestida amb la disfressa d'índia. Només li falta posar-se les esportives.

Para l'orella... La casa està en silenci. Sembla que els pares i en Pitus dormen. La Tina consulta el seu rellotge de polsera: és un quart i cinc d'onze. L'alarma s'encarregarà d'avisar-la perquè torni amb puntualitat.

Al *saloon* de la Costella Coent hi té desats els estris imprescindibles per a la seva aventura índia, com per exemple el ratolinet de peluix que necessita imperiosament per a tornar a aterrar al seu llit amb seguretat.

La Tina s'asseu a la vora del llit. Ara, a posar-se de seguida les esportives i penjar-se el carcaix! Després, s'estreny l'autèntica cartera de cuir del salvatge Oest contra el pit. Així és com ho exigeix l'encanteri del «Salt de la bruixa». La Tina se'l sap de memòria. La menarà a l'època i al lloc d'on ve l'objecte que estreny amb força contra seu.

Quan fa una última ullada a la seva habitació, la Tina nota un altre cop aquella sensació inquietant que la recorre per dintre. Abans de cada «Salt de la bruixa» li fa pànic no poder tornar. Sent un pessigolleig molest amunt i avall de l'esquena, però de seguida recobra el coratge. Tanca els ulls i comença a recitar l'encanteri en veu baixa.

El terra desapareix sota els seus peus, el cos se li torna més lleuger i una escalforeta agradable l'envaeix. Alhora, les parpelles li pesen com si fossin de plom.

Uns instants després, la Tina torna a sentir terra ferma sota les sabatilles. I abans de poder obrir els ulls un altre cop, l'olor de cuir, de whisky, de llenya acabada de tallar, d'establa i de fum de tabac li indica que ha aterrat al lloc correcte. És el magatzem del *saloon* de la Costella Coent. Just el mateix lloc on arribà en el primer viatge al salvatge Oest i des d'on va emprendre el màgic retorn a casa sense que ningú no la veiés.

La Tina mira al seu voltant. Veu una pila d'ampolles de whisky, però són buides. Buides? Si a la Costella Coent se li ha acabat el whisky és que alguna cosa no rutlla.

La Tina enganxa l'orella a la porta del *saloon*. No sent música. Que estrany! També la sorprèn que en aquesta ocasió el magatzem tampoc no és tancat. Decidida, la Tina empeny la porta i entra al *saloon*, que és buit. Estranyíssim!

Mentre intenta endevinar què deu ser el que hi passa, la Tina és víctima d'un malvat parany. Primer algú, des de darrere, li etziba un cop fortíssim al cap, i després tot es torna borrós. Algú ha estavellat alguna cosa contra la seva closca i li ha col·locat una mena de sac per sobre! La Tina no pot veure-hi més enllà de les seves pròpies sabatilles. Tot seguit la lliguen com si fos un paquet postal.

—Ja ets meva, maleïda pellroja! —ressona una veu a la seva esquena.

Al principi la Tina està massa marejada per entendre el que ha passat. Però després aconsegueix fer una ullada a les botes amb cordons de la persona que l'ha atacada... i aleshores ho comprèn. Només hi ha algú capaç de portar aquestes botines de xarol amb taló d'agulla, i de fer-les servir com si fossin una arma...

—Costella! —crida la Tina—. Costella Coent! Sóc jo, la Tina. La Tina Pistolera!

La Tina nota com de seguida se li afluixa la pressió dels lligams.

—La Tina Pistolera? —pregunta sorpresa la Costella Coent—. Per la llet que mamen les vedelles! Això és impossible!

La Costella allibera ràpidament la Tina del sac que li havia col·locat al cap i aleshores s'abracen efusivament.

—Perdona'm, sisplau! —es disculpa la Costella Coent—. Tot ha estat massa ràpid. Jo només he vist una pellroja al magatzem i... Bé..., la veritat és que amb aquesta roba d'índia i amb aquesta ploma al cap no t'he reconegut.

—Però tu què tens en contra dels indis? —pregunta la Tina.

—Si penses passejar-te amb aquesta fila que fas pels carrers de Bourbontown, val més que vigilis. Hi ha gent que no es limitaria a tirar-te un sac pel cap, sinó que et pegaria amb una banqueta o amb una ferradura. I la veritat és que ningú no els ho retrauria...

—Què vols dir? —demana la Tina mentre mira d'adreçar la seva ploma d'àguila.

—Doncs que per aquí n'estem fins al capdamunt, d'aquests pellroges, després del que ens han fet. Ni tan sols en Tombet estaria disposat a enterrar un indi! I això que ell, per diners, seria capaç de ficar viva dins el taüt la seva pròpia mare...

—Però quin mal us han fet els indis? —vol saber la Tina.

—Abans que res anem al magatzem —diu la Costella Coent—. Amb la fila que fas ara no convé que ens vegin juntes aquí a través de la finestra.

La Costella tanca la porta darrere d'ella i totes dues queden a recer de mirades indiscretes.

—Guaita al voltant, Tina. Que hi veus alguna ampolla de whisky plena? Els indis roben totes les trameses. Ens estan matant de set! —Furiosa, la Costella Coent aparta d'una puntada de peu un parell de caixes de fusta buides.— Però això no és tot. Van començar amb el whisky, i després va ser el tabac. Ni cigars, ni cigarrets, ni tabac de mastegar. En un radi de tres dies cavalcant no hi trobaràs res que es pugui fumar! Fins i tot han cremat les plantacions de tabac de la vídua de Farlboro.

—Però esteu segurs que són els indis?

—Doncs és clar! No et pots imaginar la quantitat de testimonis que els han vist. A més, han actuat d'una manera d'allò més barroera. Al costat de l'oficina de Correus hi van trobar nombroses fletxes trencades i guarniments indis. Sembla que els van perdre allà.

La Tina mou el cap. Senzillament, no pot creure el que sent.

—Com et deus imaginar, no podíem tolerar tot això! —La Costella clava amb fúria el taló punxegut de la seva bota dreta al paviment de terra piconada.— Me'n vaig anar amb tres dels nostres homes més valents per tal de demanar explicacions als pellroges. Com és natural, ho van negar tot, i no vam trobar ni rastre de whisky. Aleshores, de la ràbia, una nit en Bobby Músculs els va pintar de verd els cavalls, tan cofois com ells n'estan. M'hauria encantat veure la cara del seu cap de bon matí quan es va trobar totes les muntures verdes. Es veu que ell també es va posar verd de ràbia. No els va quedar altre remei que esperar l'època de pluges, perquè no podien rentar els cavalls... És que no disposaven d'aigua perquè nosaltres havíem desviat el curs del riu amb la construcció d'un dic!

—Que els vau prendre l'aigua? —exclama la Tina empipada—. Això ja no em sembla pas cap broma!

—Tampoc no en teníem ganes, de fer broma... —es defensa la Costella—. En cas de necessitat, hom pot renunciar al whisky i al tabac. També a la munició i a armes noves. Al cap i a la fi, aquesta és una ciutat pacífica. Però els pellroges van acabar amargant la vida als nens. Van capturar totes les trameses de xiclets i caramels, després van ser els cereals de l'esmorzar, els refrescos i els xumets... I quan al final van robar fins i tot els bolquers, la situació ja va començar a fer pudor de debò, en el sentit ampli de la paraula... Així que els vam tornar pudor per pudor.

—Què vols dir amb això?

—Doncs, ja ho saps: que no hi ha res que faci més mala olor que el peix podrit. Una nit de boira espessa vam esmunyir-nos fins al seu campament per buscar on amagaven el whisky. Per desgràcia, vam fracassar. I per això ens vam oblidar a posta uns quants peixos podrits en una de les tendes. —La

Costella Coent riu amb ganes.— Una mica més i els fem caure a tots d'esquena amb aquella pudorassa!

—I després?

—Com a agraïment, els pellroges van omplir el pou de la ciutat amb excrements de búfal. Quin fàstic! Durant setmanes senceres ens semblava que el cafè tenia gust de caca de vaca. Així que nosaltres, com a venjança, vam desviar el curs de l'aigua. Va ser prou fàcil. Només va caldre canviar mitjançant un dic la trajectòria del riu que rega la vall. Com que tot ha estat culpa seva, que beguin el whisky que ens han robat!

—I ara què passarà? —pregunta la Tina, horroritzada.

—M'encantaria saber-ho. Com és natural, fa molts dies que els indis tornen a disposar d'aigua. Només van haver de destruir el dic que nosaltres vam aixecar. Tanmateix, estic amoïnada..., sobretot per en Bobby Músculs i pel Vell Moltó Esquilat.

—Què tenen, aquests dos? —vol saber la Tina.

La Costella Coent s'asseu en una de les caixes de whisky buides abans de respondre:

—Han desaparegut. Pretenien negociar amb el cap Cavall Cofoi, però haurien d'haver tornat ja fa temps. En acomiadar-se, el Vell Moltó Esquilat em va dir a cau d'orella que la samarreta li feia una picor terrible. I ja saps què vol dir això...

—És clar! —confirma la Tina—. Quan li pica la samarreta és que alguna cosa no rutlla...

—Justa la fusta! Va dir que li picava més que si hi dugués un formiguer a dintre.

La Tina deixa anar un xiulet entre dents.

Mentrestant, la Costella Coent s'aixeca per mirar pel finestró del magatzem i continua parlant:

—Vam pensar que el millor era mantenir en secret les negociacions amb els indis, així que la gent de Bourbontown encara ignora que han desaparegut. Si ara s'assabenten que aquests dos segurament s'estan rostint a foc lent al pal dels sacrificis, hi haurà guerra, encara que hagin de barallar-se amb les forques de collir la femta, perquè a Bourbontown gairebé no hi queda munició. De tota manera, l'ambient està molt caldejat... En Tombet és l'únic que es manté de bon humor. Ha encarregat una provisió de cinquanta taüts, i tot sembla indicar que els haurà de fer servir ben aviat!

La Tina s'ha quedat sense paraules. No podia imaginar-se que la seva visita als indis anés d'aquesta manera. Però què hi pot fer? Oblidar-se de tot i tornar-se'n cap a casa per art de màgia? No!

Decidida, respira fondo i proposa:

—Què et sembla si nosaltres dues intentem arreglar aquest assumpte? Vull dir que podríem...

La Tina calla de cop i volta. En aquest precís moment la diligència puja pel polsegós carrer central de la ciutat armant un gran terrabastall. El cotxer tira un tret a l'aire amb el seu Winchester, i a l'acte comencen a sortir de tot arreu els habitants de Bourbontown.

—Val més que et quedis aquí, Tina —li diu la Costella, mentre desapareix cap a fora.

La Tina acosta una caixa a sota del finestró del magatzem per poder mirar.

El conductor de la diligència acaba d'enfilar-se al sostre del vehicle i des d'allà dispara unes quantes vegades a l'aire amb el seu rifle alhora que crida:

—Han assaltat la diligència! Ho han robat tot!

—Quin carregament duies? —vol saber un dels habitants de la ciutat.

—Whisky. Cinc caixes del millor whisky de Kentucky. Es veu que aquests pellroges saben apreciar el que és bo!

—Una altra vegada aquests maleïts indis! —crida enfurismat el ferrer—. Quant de temps més tolerarem aquesta situació? Que potser hem d'esperar que desvalisin les nostres cases?

—Estàs segur que han estat els indis? —demana la Costella Coent.

—Si no eren indis, em menjaré vint sacs d'alfals —replica el conductor—. Ho han robat tot: el whisky, un carregament

enorme d'armes, una dotzena de mortalles antiarrugues per a en Tombet i fins la sella de muntar nova per al mossèn.

Una velleta intervé brandant el bastó:

—Si no estigués segura que la banda dels Fibló són a la garjola, diria que això ha estat obra d'aquests tres brètols. Qui, si no, ha de voler robar una dotzena de mortalles? I a sobre, de les modernes, d'aquestes que no s'arruguen. Tothom sap que aquests teixits antiarrugues provoquen picor a la pell!

—Això als morts tant se'ls en dóna...! —comenta en Tombet amb una riallada sarcàstica—. A més, són els meus clients qui sol·liciten aquestes mortalles.

—Quins clients: els vius o els morts...? —crida un d'entre la gent, provocant en els altres rialles sorolloses.

—Ens estem apartant de la qüestió... —diu la Costella, i acostant-se a la diligència arrenca una fletxa que s'havia clavat profundament a la fusta—. Si no fos que veig aquesta fletxa amb els meus ulls, pensaria el mateix que l'àvia.

—Jo he vist el que he vist! —assegura el cotxer—. O que potser dubteu de mi? Les mongetes tendres són mongetes tendres, un ós bru és un ós bru i un pellroja és un pellroja.

—Pellroges per aquí, pellroges per allà...! Pells blaves a cops els hauríem de deixar! —crida el ferrer.

La majoria està d'acord amb ell i es desferma una cridòria tremenda.

—Els indis mai no robarien una sella de muntar! —esclata per fi la Tina.

La Costella Coent es tomba sobresaltada i la Tina es mossega la llengua, perquè la veritat és que aquestes paraules se li han escapat sense voler. Per sort, l'esvalot és tan gran al carrer que ningú no l'ha sentida, a part de la Costella.

La mestressa del *saloon* s'enfila d'un bot al pescant de la diligència i, després de prendre d'una revolada el Winchester al cotxer, dispara a l'aire.

—Tranquils, tranquils! —exclama—. Comprenc que estigueu furiosos. És clar que jo també preferiria despatxar whisky en lloc de llet al meu *saloon*. Però, malgrat tot, no hem d'actuar a la babalà.

—Que potser algú està actuant, aquí? —replica el ferrer—. Ningú no fa res des de fa mesos. Són els pellroges els qui es dediquen a aixecar-nos la camisa!

La Costella mira de calmar la gent:

—Encara continua en vigor el tractat de pau que va firmar amb ells el general Dropen. Només en Tombet, el nostre enterrador, hi guanyaria alguna cosa amb una guerra.

—I també el fuster que fabrica els taüts! —replica en Tombet tot ofès.

Uns quants riuen. Però aleshores algú crida:

—Deixem-nos de tanta xerrameca! Que vingui la cavalleria i declarem la guerra als indis d'una vegada!

—Abans hem d'anar a Texas per a aconseguir un parell de diligències plenes d'armes i municions. Quasi tots estem sense una sola bala per a ficar als pocs revòlvers que ens queden... —opina un altre ciutadà.

—No deveu voler que els pellroges desenterrin la destral de guerra, oi? —exclama la Costella—. El general Dropen i la seva cavalleria són molt lluny. A més, que us penseu que els soldats es jugaran la vida només perquè no tenim whisky i bolquers? El millor és que discutim aquesta qüestió amb els indis fumant-nos tranquil·lament la pipa de la pau.

—El millor seria que ens fuméssim en pipa els pellroges! —escridassa el ferrer—. Llàstima que no tinguem municions! Jo estic disposat a tot. Vull lluitar a primera línia. No penso fugir cames ajudeu-me com aquests herois d'en Bobby Músculs i el Vell Moltó Esquilat, que fa setmanes que no es deixen veure per aquí...

—Aquests han marxat només perquè se'ls ha acabat el whisky —diu l'àvia—. Si fos setanta anys més jove, jo també faria com el ferrer!

La Tina percep de lluny com la Costella Coent comença a perdre la paciència. Però la mestressa del *saloon* aconsegueix controlar-se i, en lloc de revelar la valenta acció secreta que han emprès el Vell Moltó Esquilat i en Bobby Músculs, diu:

—D'acord, d'acord... Escolteu-me per última vegada. Però escolteu-me de debò i aneu amb compte de no caure d'esquena... perquè he de comunicar-vos una cosa sorprenent!

Al carrer es restableix la calma. La Tina pensa que la Costella els parlarà de la missió secreta, però no... La Costella Coent té uns altres plans.

—Em sembla que la situació està a punt de fer un tomb —anuncia—. Entre nosaltres hi ha algú que ja ens va ajudar una vegada a sortir-nos-en d'una de bona.

Dels nervis, el cor de la Tina s'accelera. Ha comprès de seguida a qui es refereix la Costella, la qual, col·locant les mans a manera de botzina, crida en direcció al *saloon:*

—Au, ja pots sortir! Et necessitem!

La gent estira el coll per veure qui surt per la doble porta oscil·lant del *saloon*.

Durant uns breus moments, la Tina rumia si s'ha de treure almenys la ploma d'àguila de la banda que li cenyeix el front. Però aleshores s'ho pensa millor i, decidida, obre la porta d'una puntada de peu.

Llavors la Tina surt al carrer, amb el cap ben alt, com si fos la coratjosa filla d'un cap indi.

A fora regna un silenci sepulcral. La gent es nega a creure que una nena índia s'atreveixi a presentar-se a la ciutat a plena llum del dia. Però la Tina camina segura de si mateixa cap a la diligència.

La multitud li obre pas ràpidament, i la Tina s'enfila al pescant, al costat de la Costella Coent.

No és fins aleshores que els habitants de Bourbontown descobreixen qui és el personatge misteriós que acompanya la Costella: la Tina, aquella nena que tenia tan bona punteria! La Tina, la que s'encarregà de vèncer la banda dels Fibló! La Tina Pistolera, que va desaparèixer sense deixar rastre d'una manera tan sobtada que qualsevol podria pensar que va ser cosa de bruixeria!

El goig de la gent és immens, i a ningú no sembla importar-li un rave el vestit indi de la Tina. Tampoc no repliquen la Costella quan diu:

—Torneu a la feina. La Tina Pistolera i jo tenim moltes coses a discutir...

Quan la Costella Coent i la Tina desapareixen rere la porta del *saloon,* els ciutadans de Bourbontown marxen cada u pel seu costat sense dir ni piu.

La veritat és que no hi ha gaire cosa a discutir. Totes dues saben de sobres el que cal fer.

Poc després, la sella de la Costella Coent porta ben lligades dues mantes, estris de cuina i provisions. La Costella entrega la fletxa índia a la Tina, que la desa al seu carcaix. Després es penja les alforges a l'espatlla i munta el seu cavall. Asseguda a la part de davant de la sella, per deixar lloc a la Tina, agafa ben fort les regnes de la muntura.

A continuació, la Tina i la Costella surten cavalcant de la ciutat, en direcció al sol ponent.

Cadascuna d'elles va sumida en els seus propis pensaments. La Costella està amoïnada pel que dirà el gran cap Cavall Cofoi quan es trobin, i la Tina es demana què farà sense les bales màgiques si la situació empitjora.

Capítol 3

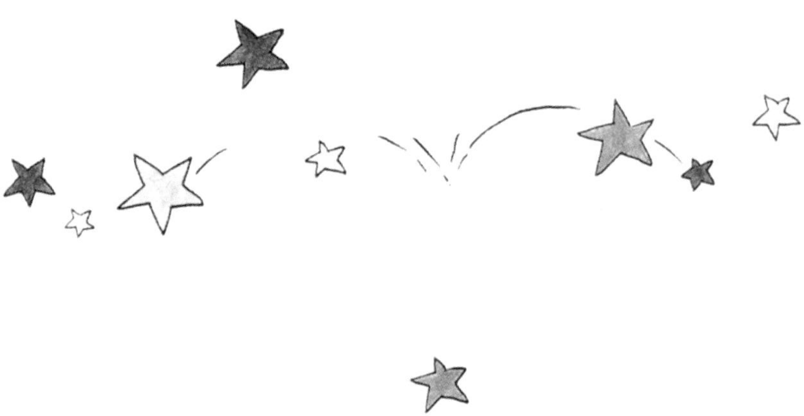

Amb el sol com una bola vermella brillant just davant d'elles a l'horitzó, la Costella i la Tina cavalquen cap a l'oest. Els cascos del cavall ressonen cada vegada que colpegen el terra ressec de la gran planura. Només de tant en tant hi ha algun arbre que projecta una ombra llarga; d'aquesta manera anima una mica una extensió que sembla infinita.

De sobte, una serralada d'altes muntanyes es perfila a l'horitzó.

—Val més que acampem —proposa la Costella.

Aleshores estira les regnes del cavall, que passa del galop a un trot lleuger i acaba aturant-se.

—Si volem fer foc per preparar alguna cosa de menjar sense que ens vegin, no podem continuar endavant —afegeix la Costella, perquè sap que darrere les muntanyes hi ha el poblat indi.

La Tina recull en un moment un munt de llenya seca per encendre una foguera, i poc després unes mongetes seques amb salsa picant es fregeixen en una paella. Totes dues assaboreixen el menjar i, quan acaben,

la Tina s'ajeu tota satisfeta sobre les alforges, amb la panxa plena. Així és com sempre s'ha imaginat la vida al salvatge Oest.

Però, malauradament, els queda molt poca estona per a fantasies.

—Hi aniré sola —decideix la Costella.

La Tina comprèn de seguida el que la seva amiga planeja.

—D'acord, Costella. Mentre tu negocies amb els indis, jo em quedaré amagada i només passaré a l'acció en cas de necessitat, per anar a cercar ajuda o...

—...per fer parlar el teu Colt. Al cap i a la fi, no és en va que et diuen la Tina Pistolera —la interromp la Costella rient—. És clar que hem d'evitar un vessament de sang innecessari —conclou.

—I tant! —respon la Tina agafant la pistola de jugar d'en Pitus.

Durant uns instants pensa si no valdria més dir a la Costella Coent que en aquesta pistola no hi ha altra cosa que cartutxos de mentida.

Però la Costella no li deixa temps per a explicacions.

—Hem d'arribar allà abans que es faci fosc... —diu mentre apaga el foc trepitjant-lo amb les botes de taló d'agulla—. Si hi arribo sola i a plena llum del dia, segur que no m'atacaran.

—I no seria millor que primer esbrinéssim què els ha passat, a en Bobby Músculs i al Vell Moltó Esquilat? —pregunta la Tina.

—Ja veig que tu i jo ens entenem sense haver de parlar! —respon la Costella amb un to d'aprovació—. Justament aquest era el meu pla. Es nota que saps el que et fas.

La Costella Coent ja ha pujat al cavall i espera que la Tina munti darrere.

Però la Tina continua a terra.

—El poblat indi és darrere aquelles muntanyes? —demana.

La Costella fa que sí amb el cap.

—I pretens arribar allà sense que ens descobreixin?

—És clar!

—Així, no hi podem anar a cavall.

La Costella es posa a riure i contesta:

—Dona! Fins al poblat encara hi ha una bona tirada. A aquesta distància no ens veurà ningú.

—És massa perillós —opina la Tina—. No ens veuran, però sí que ens sentiran —i amb un gest convida la Costella a baixar del cavall.

Però l'amiga no hi està d'acord:

—A peu trigarem una eternitat a arribar, i gairebé no ens queda temps!

—Necessites el teu mantell? —demana la Tina.

—Que tens fred? —fa la Costella a la vegada que allarga a la Tina el seu gran mantell amb serrell que s'havia posat damunt les espatlles.

La Tina agafa el mantell i l'estripa en quatre trossos.

—Però què fas...? —protesta la Costella.

Al cap d'una estona comprèn què és el que la seva amiga es proposa fer amb aquells trossos de roba.

La Tina doblega els retalls per formar quatre bosses, que omple amb herbes. Tot seguit, les lliga a les potes del cavall i... al seu davant apareix un cavall amb sabatilles!

La Costella deixa anar un xiulet d'admiració i exclama:

—Això és el que jo en dic astúcia! A poques persones se'ls hauria acudit un truc indi tan sagaç com aquest per cavalcar sense fer soroll...

La Tina es limita a arronsar les espatlles. No pot contar a la Costella Coent que aquest truc l'ha tret d'una de les novel·les de l'Oest que ha llegit.

Totes dues emprenen el camí silenciosament. Ja s'han posat d'acord en el pla d'acció: s'acostaran tant com podran al poblat indi i, després de deixar la muntura a una certa distància, la Costella avançarà sense amagar-se cap al poblat, de manera que atraurà l'atenció dels indis perquè la Tina pugui esbrinar sense ser vista si en Bobby Múscul i el Vell Moltó Esquilat han caigut a mans dels pellroges.

De sobte, la Tina i la Costella noten a l'aire una olor d'herba cremada.

—Això no pot ser res de bo... —mormola la Costella picant els esperons.

Aviat albiren el poblat indi, immers en la penombra. La Tina hi compta vint-i-una tendes de mides diferents.

—Jo esperaré aquí i et deixaré prou temps perquè puguis vorejar les tendes sense que et vegin —xiuxiueja la Costella—. A uns cent metres trobaràs un rierol que et durà de dret al poblat. A les ribes hi ha canyissars que et permetran amagar-te. Tan aviat com estigui segura que ja ho has fet, començaré a caminar cap al poble des d'aquí. Quan em descobreixin, segur que escorcollaran la zona en cerca d'enemics, així que tu amaga't bé! Jo miraré de parlar ben fort perquè t'assabentis de tot.

—I si tinguéssim una contrasenya? —suggereix la Tina—. Tu la diràs en el moment en què jo hagi de sortir de l'amagatall. Ha de ser una paraula que només puguem entendre nosaltres, per despistar els indis...

—Conforme! La paraula serà *tirabuixó.*

La Tina hi està d'acord.

—Si veus que tenen intenció d'atacar-me —afegeix la Costella—, vine com un llampec. N'hi haurà prou que em protegeixis disparant a l'aire.

—No t'hi amoïnis —li diu la Tina per tranquil·litzar-la. I després li dóna un darrer consell:— I no hi vagis fent el pinxo. Val més que facis veure que intentes anar-hi d'amagat. Els indis són molt llestos, i si t'acostes tranquil·lament al seu poblat podrien sospitar que mires de desviar la seva atenció. Aleshores escorcollarien tota la zona i m'enxamparien, per més que m'amagués!

La Costella hi està d'acord, però després demana:

—Què passarà si en Bobby Músculs i el Vell Moltó Esquilat no són al poblat?

—Això no ho podem saber de moment —respon la Tina—. El millor serà que esperem a veure què passa... De tota manera, has de negociar amb en Cavall Cofoi. Potser aquests dos han continuat fent camí tranquil·lament, o ni tan sols han passat per aquí, o...

—...o ara mateix estan lligats al pal dels sacrificis... —conclou la Costella, expressant el que la Tina no s'atreveix a dir en veu alta.

La Tina gira cua sense dir res més, agafa les alforges i desapareix amb el sigil d'una serp entre els matolls que envolten el poblat. La Costella la segueix amb els ulls. Coneix el camí que ha pres la Tina, i pot calcular quan arribarà al lloc de vigilància. Fins aquell moment, la Costella mirarà d'esbrinar alguna cosa des de la seva posició. Després de lligar el cavall a un arbre, s'acosta uns metres més al poblat, fins que arriba a un punt des d'on pot observar-lo amb facilitat.

Al mig del poblat hi descobreix tres pals de fusta tallada. La Costella comprova, alleujada, que no hi ha ningú lligat. Però potser els pals dels sacrificis de debò són en un altre lloc i aquestes són simples còpies que l'home medicina necessita per a fer les seves bruixeries.

Com és lògic, en Bobby Músculs i el Vell Moltó Esquilat també podrien estar presos en una tenda. En aquest cas, la Costella hauria de comunicar-ho ràpidament a la Tina, perquè ella iniciés una acció de salvament immediata...

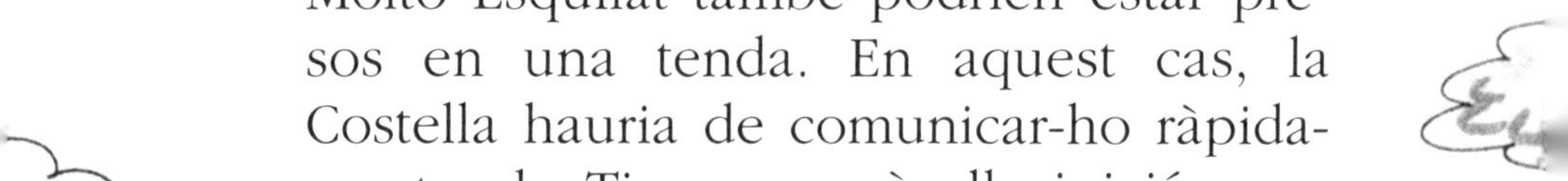

De tota manera, la vida al poblat sembla pacífica. Els nens petits juguen entre les tendes mentre un indi adult ensenya als ganàpies a tirar amb arc. Unes quantes dones couen pa a la vora d'una foguera i unes altres es dediquen a decorar una de les tendes amb uns dibuixos de colors preciosos.

Mentrestant, la Tina s'esmuny cap al seu objectiu arrossegant-se per terra, per la qual cosa els genolls i els colzes de seguida li queden pelats. L'herba i els matolls no són tan tovets com els coixins del sofà de l'àvia! I a això cal afegir-hi la pols, que li fa pessigolles al nas.

De cop i volta, la picor és tan tremenda que la Tina és incapaç de reprimir un esternut. Tot seguit es queda immòbil sobre l'herba i para l'orella. La deu haver sentit algú?

Només se sent el cant de les cigales i el raucar d'una granota. Quina sort que ha tingut! Ara ha de continuar avançant a tota velocitat per arribar al lloc de vigilància al costat del rierol.

Ja! La Tina sent la remor de l'aigua. Per fi arriba tan a prop de les primeres tendes del poblat indi que fins i tot pot sentir l'olor de les pells de cuir. Alleujada, s'oblida de la coïssor que li produeixen les rascades.

Però de sobte passa una cosa inesperada que tira per terra tots els plans. La Tina sent una remor darrere seu, i abans que tingui temps de girar-se, algú l'empresona contra el terra alhora que li tapa la boca amb tanta força que amb penes i treballs aconsegueix respirar.

«Òndia, òndia i òndia!», pensa la Tina. «I ara com podré avisar la Costella? Què passarà si necessita que l'ajudi?»

Com era d'esperar, la Costella no s'ha assabentat de res. Abans de posar-se en camí, inspira profundament i es diu a si mateixa en veu baixa:

—Coratge, Costella! Si la cosa es posa malament, sempre pots cridar la Tina. Ella et traurà del tràngol.

I una mica ajupida, comença a avançar cap al poblat.

No ha fet ni cinquanta passes quan la descobreixen. En fer la passa cinquanta-cinc ja l'han empresonada, i no pot fer la cinquanta-sis perquè l'han lligada de mans i es troba de bocaterrosa menjant pols. Això vol dir que la conduiran sense cap delicadesa fins al poblat.

—Ei, que sé caminar soleta! —protesta la Costella mentre dos indis cepats l'agafen cada un per un braç i la transporten quasi enlaire.

Cap dels dos pellroges no sembla immutar-se amb els crits de la Costella. La veritat és que ni tan sols està segura que l'entenguin; al cap i a la fi, ella tampoc no entén la llengua dels indis.

—Vull parlar amb el vostre cap! —repeteix sense parar—. Sí, amb el vostre cap, el capitost, el qui mana... o com li digueu!

La Costella no sap si entenen el que ella els diu, però del que no té cap dubte és que el pellroja amb el qual es topa cara a cara poc després és el cap. En Cavall Cofoi està assegut davant de la tenda més luxosa del poblat, envoltat d'un bon nombre de consellers indis tan empolainats com ell.

—Què portar dona blanca fins a nosaltres? —pregunta en Cavall Cofoi.

La Costella s'alegra que el cap indi sàpiga parlar la seva llengua.

—He vingut a negociar —diu—. Les coses no poden continuar d'aquesta manera. Hem de deixar de barallar-nos, perquè si no hi haurà una altra gran guerra.

El cap triga una bona estona a traduir les paraules de la Costella als consellers, i a la fi respon:

—Vosaltres acusar-nos d'haver robat aigua de foc que vosaltres dieu whisky. Després vosaltres profanar amb pudor fastigosa la tenda del nostre home medicina, on habitar les ànimes dels nostres avantpassats, i vosaltres també embrutar amb pintura verda els nostres cavalls, l'orgull dels nostres cors. I no haver-n'hi prou amb això, encara vosaltres robar aigua, cremar les nostres pastures i espantar ramats de búfals. Tu dir-ne d'això negociar?

—No sabíem que es tractava de la tenda de l'home medicina. En aquest cas, no ho hauríem fet —es disculpa la Costella—. I allò dels cavalls... Bé, allò va ser una broma sense mala intenció; no pretenem ofendre-us, us ho asseguro. A més, tampoc no vam aconseguir prendre-us del tot l'aigua. Us va resultar facilíssim solucionar aquest inconvenient... Però nosaltres mai no us hem incendiat les pastures, i encara menys hem espantat els ramats de...!

El cap la interromp per començar a traduir les paraules de la Costella als consellers.

Els altres indis no semblen gaire entusiasmats amb les explicacions de la dona blanca, perquè discuteixen amb excitació i s'adrecen al cap fent molts escarafalls. En Cavall Cofoi els fa callar amb un simple moviment de la mà i diu a la Costella:

—Tu poder continuar. Però pensar bé el que dir... Tu vigilar la teva llengua, perquè ells suggerir que jo tallar-te-la...

La Costella s'empassa saliva i es demana si la Tina deu poder sentir tot allò que estan dient.

—Poso la mà al foc per assegurar-te que cap home ni cap dona blancs de la nostra ciutat han fet malbé les pastures i han espantat els búfals —declara amb veu ferma—. És veritat que ens vam portar malament amb allò de l'aigua. Però vosaltres també ens heu d'entendre... Al cap i a la fi, vau destruir el nostre pou...

El cap la interromp altre cop. Després de dir unes quantes paraules en el seu idioma, posa les mans a les espatlles del noi i la noia indis que acaben d'acostar-se-li i després continua:

—Pellroges joves no adonar-se que accions seves poden ser dolentes...

La Costella veu com els dos noiets acoten el cap avergonyits.

De sobte, un indi que fins aleshores ha romàs en silenci es posa dret. Du una mena de barret de pell guarnit amb unes banyes de búfal i la seva veu sona amenaçadora.

«Aniria tan bé que la Tina fos aquí, ara!», pensa la Costella Coent. «Segur que totes dues plegades hauríem tingut més possibilitats de convèncer el cap que les nostres intencions són pacífiques.»

Però abans que pugui pronunciar la contrasenya convinguda, el gran cap Cavall Cofoi torna a parlar una altra vegada:

—Tu dir que posar mà al foc per defensar la innocència del teu poble... Molt bé.

El nostre home medicina proposa començar a avivar la flama... Perquè nosaltres haver capturat un cara pàl·lida que dedicar-se a espantar els últims búfals amb torxes!

—No pot ser que aquest home sigui de la nostra ciutat! —exclama la Costella, amagant les mans entre els plecs de la faldilla, per si de cas.

—Doncs ell dir el contrari... Ell portar paquet postal al cavall, i ell dir que allà dir-hi la seva adreça. Nosaltres no poder comprovar-ho, perquè no saber llegir. Per això tampoc no entendre què dir al paper que ell amagar-se sota la roba. Ell portar-hi retrat de la seva cara...

—Això és una ordre de crida i cerca! —l'interromp la Costella.

—Només Kaiowak, el fill del nostre home medicina, saber llegir —continua el cap—. Ell anar a escola de l'home blanc a Texas.

Ell poder comparar el que haver escrit al paquet amb allò que dir al paper... Però Kaiowak trobar-se ara molt lluny.

—Jo també us ho puc llegir! —exclama la Costella.

—Tu mentir per estalviar-te tortura de mort lenta a pal de sacrificis... —replica en Cavall Cofoi.

—Mostreu-me aquest home! —crida la Costella—. Jo li trauré la veritat. Per a això no em fa falta cap *tirabuixó*...

La Costella pronuncia en veu molt alta la paraula *tirabuixó,* cosa que desconcerta el cap indi, que la mira sense comprendre res. Els altres indis tornen a adreçar-se a ell, i encara que no entén les paraules que diuen, la Costella sap que no auguren res de bo.

—Pel que sembla, els *tirabuixons* són coses desconegudes per a vosaltres... —continua la Costella mentre mira al voltant en cerca d'ajuda—. La professió de llevataps és molt corrent. I, és clar, tots els llevataps tenen un bon *tirabuixó,* perquè sense un *tirabuixó* no podria treure ni un sol tap, i...

—Silenci! —la interromp el gran cap—. Jo no poder explicar als altres què ser un *tirabuixó* perquè jo mateix no saber-ho. El nostre home medicina dir que hom tampoc no poder entendre serp, perquè parlar amb llengua bífida... I jo creure que home medicina tenir raó!

El cap fa un gest i la Costella és lligada al pal dels sacrificis. Tot seguit, uns quants pellroges li encenen un foc a la vora dels peus, mentre l'indi de les banyes de búfal comença a dansar al voltant d'ella.

Aleshores es posa a cridar la Tina a tota veu, però no li serveix de res. La Costella ignora que, de moment, no pot esperar ajuda de la seva amiga.
O potser sí...?

Capítol 4

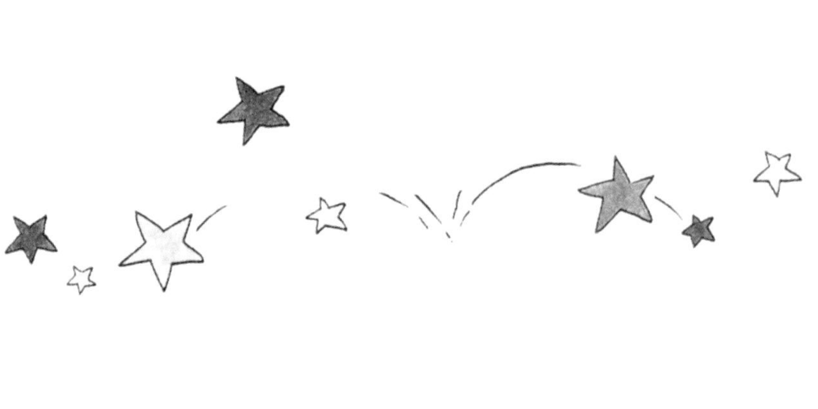

Quan se sent atacada per l'esquena, la Tina està segura que l'ha enxampada algun sentinella indi. I d'això res! En realitat, qui l'ha capturada ha estat el Vell Moltó Esquilat, el qual, per la seva banda, creia que havia empresonat una índia, i es queda parat en descobrir qui ha immobilitzat a terra.

Com és lògic, la Tina i el Vell Moltó Esquilat no expressen de manera sorollosa l'alegria de retrobar-se, perquè cap dels dos no vol que els descobreixin. A més, mentre romanen amagats pretenen escoltar les negociacions de la Costella amb els indis.

Però quan el cap Cavall Cofoi esmenta el nom de Kaiowak, el fill de l'home medicina, a la Tina se li acut de cop i volta una idea que vol posar en pràctica immediatament.

—Segueix-me! —diu al Vell Moltó Esquilat en un xiu-xiu.

Tots dos s'allunyen del poblat per poder parlar sense perill.

Ai!, si haguessin esperat només dos minuts més, potser s'haurien assabentat de la trista sort de la Costella Coent...

—Ja em suposo el que et proposes —diu el Vell Moltó Esquilat quan per fi arriben a un indret segur—. Necessitem en Kaiowak, el noi indi.

—Justa la fusta! —confirma la Tina—. Ell solucionaria tots els nostres problemes. Però jo no puc anar a cercar-lo. He promès a la Costella que l'ajudaria si es fica en algun embolic...

—Cavalcaré jo sol —decideix el Vell Moltó Esquilat—. De tota manera, pensava anar a Texas per un assumpte que encara no saps.

—De què es tracta?

—Embolica que fa fort! Els Fibló s'han fugat! En Bobby Múscu* i jo ens n'hem assabentat mentre veníem cap aquí. I també hem sabut que han obert una «Botiga

Fibló» tot just creuar la frontera mexicana. En aquesta botiga hi venen de tot: des de whisky fins a bolquers per a nadons...

—Per la caca del coiot i els udols del llop, ja m'ho pensava! —exclama la Tina, furiosa, tancant els punys.

El Vell Moltó Esquilat continua explicant-se:

—En Bobby Músculs i jo ens vam separar per cercar proves. Ell va marxar cap a Mèxic. Jo vaig cavalcar fins al poblat indi per explicar als pellroges allò de la banda dels Fibló, però tan bon punt vaig arribar aquí vaig tenir una bona sorpresa: els indis acabaven de fer un presoner! Es tracta de la persona que es dedicava a cremar les pastures i espantar els ramats de búfals cap al sud. I qui creus que és?

—Un de la banda dels Fibló!

—Doncs sí! I tan aviat com aquest poca-solta va assegurar als pellroges que jo també formava part de la seva banda, les converses de pau es van acabar per a mi. Els indis ja no van creure ni una paraula del que jo els deia, i em van tancar en una tenda al costat d'aquest miserable. Tanmateix, ahir a la nit vaig aconseguir fugir. Però abans vaig escorcollar l'equipatge d'aquest pocavergonya i vaig trobar-hi unes quantes mortalles i dues fletxes índies... Ho vas entenent, oi que sí?

La Tina ho comprèn tot de seguida:

—La banda dels Fibló anava deixant com si res les fletxes perquè els blancs es pensessin que les seves malifetes eren obra dels indis! Nosaltres vam trobar una fletxa com aquesta clavada a la diligència de Bourbontown... Segur que també es disfressaven de pellroges perquè l'engany fos perfecte!

—Sí; aquests Fibló són unes fures... —remuga el Vell Moltó Esquilat.

—Ja ho pots ben dir! —coincideix la Tina—. És un pla diabòlic: els Fibló roben als blancs i fan sospitosos els indis. Aleshores els blancs s'enfurismen amb els pellroges. Alhora, els Fibló fan que els indis s'empipin amb els blancs, espantant-los els búfals. Això vol dir la guerra. Segur que ara els Fibló es parteixen de riure, veient com s'han fet de rics amb tot el que han robat i venjant-se dels ciutadans de Bourbontown per haver-los ficat a la garjola.

De sobte, el Vell Moltó Esquilat comença a gratar-se amb fal·lera.

—La samarreta em pica com si fos de filferro espinós —esbufega.

—Això és mal senyal... —comenta la Tina—. No perdem més temps! Tu mira de trobar el fill de l'home medicina tan aviat com puguis i jo aniré a veure com se les apanya la Costella.

La Tina demana al Vell Moltó Esquilat les dues fletxes índies i d'amagatotis torna a encaminar-se cap al poblat. Mentrestant, el Vell Moltó Esquilat puja al cavall de la Costella Coent disposat a cavalcar fins a Texas.

La Tina no triga a sentir els crits desesperats demanant ajuda de la seva amiga. Però encara que li fa molta pena, la Costella haurà de resistir una mica més...

La Tina treu la nota on va apuntar l'encanteri del llibre secret. Necessita convertir aquestes fletxes en fletxes màgiques! Aleshores agafa amb força les fletxes índies i mormola l'encanteri que converteix les bales normals en bales màgiques, només que ara substitueix la paraula *bales* per *fletxes*.

Funcionarà la màgia amb les fletxes igual que amb les bales? De moment, no hi ha manera de saber-ho. La Tina desa les fletxes al carcaix i s'esmuny fins al poblat indi.

Allà, la Costella continua lligada al pal dels sacrificis. Al seu costat, en un altre pal, hi ha en Joe, un dels membres de la banda dels Fibló.

L'home medicina balla al voltant del foc, que espurneja als peus dels dos presoners, i a la mà hi porta una mena de ceptre. En aquest moment s'atura davant de la Costella i anuncia alguna cosa en el seu idioma. La Tina s'espanta molt quan l'home medicina pren impuls com si es disposés a donar un cop al cap a la Costella amb aquella andròmina.

Això ja és massa! Si com a mínim la Tina tingués un arc amb cara i ulls! Sense aturar-se a pensar, llança una fletxa que..., per sorpresa seva, travessa el ceptre.

La màgia ha funcionat!

Una cridòria enorme sorgeix entre la multitud. Qui gosa destorbar l'home medicina? Qui és l'arquer que té tan bona punteria?

A poc a poquet, la Tina s'acosta a la resplendor del foc.

—Tina! —exclama amb descans la Costella Coent—. Ja ho sabia, que no em deixaries a l'estacada!

Amb la rapidesa del llampec, uns quants guerrers indis envolten la Tina i l'apunten amb les llances llargues i esmolades.

Però ella no es deixa intimidar. Amb un gest imperiós estira un braç per assenyalar el pal on tenen lligada la seva amiga i anuncia:

—He vingut a dir-vos que un de vosaltres posarà fi als problemes entre els rostres pàl·lids i els pellroges abans que la lluna camini per segona vegada sobre aquest pal.

Durant uns instants, l'home medicina sembla desconcertat, però de seguida s'adreça al cap fent molts escarafalls com un boig. En Cavall Cofoi li tradueix les paraules de la Tina i després afegeix:

—El nostre home medicina dubtar. Dir que tu parlar amb llengua de serp. A més, ell voler saber qui de nosaltres ser l'elegit per a aquesta missió.

—Digues-li que el seu nom és Kaiowak..., a qui vosaltres dieu *Expert Lector.* El seu propi fill! L'acompanyarà el Vell Moltó Esquilat, a qui nosaltres diem *El qui es grata amb fal·lera*.

—I tu com saber tot això? —pregunta el cap.

—Són coses que sabem els xamans —respon la Tina amb un posat misteriós—, encara que no ens agrada parlar-ne.

—Tu ser nena blanca. Com gosar dir-te xaman? —replica en Cavall Cofoi.

En lloc de contestar, la Tina mira de reüll la seva nota i mormola unes paraules. De cop i volta, una munió de llamps recorren amb gran rebombori el cel sense núvols i comença a ploure. Quan la Tina estira el braç, la tempesta s'atura de cop.

Els guerrers que fins aleshores envoltaven la Tina es fan unes passes enrere, espantats.

—Qui ser tu? —vol saber el cap Cavall Cofoi.

Però abans que la Tina pugui contestar, de sobte apareix un home blanc al seu costat. Sembla que fa una estona que l'escolta, perquè ell mateix respon la pregunta del cap:

—Aquesta és la Tina, a qui nosaltres diem la Tina Pistolera.

—I aquest és... —continua la Tina, assenyalant l'acabat d'arribar— en Bobby Músculs, a qui també diem *El que on trepitja ja no creix l'herba de la prada*.

El forçut Bobby Músculs llança un farcell de robes de colors a prop del foc perquè tothom ho pugui veure. Després explica:

—D'aquestes coses que veieu aquí nosaltres en diem *disfresses i perruques*. Semblen indis, oi que sí? Les vaig pispar a uns individus a Mèxic, que les van fer servir per aixecar la camisa als blancs. Abans que aquests brètols es fuguessin de la presó, es deien a si mateixos la banda dels Fibló. Aquest home que teniu lligat al pal és un d'ells.

Però a l'home medicina no semblen interessar-li gaire aquestes paraules. Sense dignar-se a adreçar una sola mirada a les perruques i les disfresses, remuga alguna cosa entre dents.

El cap Cavall Cofoi, en canvi, examina el farcell tirat a terra abans de dir a la Tina:

—El nostre home medicina dubtar dels teus poders. Ell dir que qui fer soroll ser escandalós, però no músic, i qui fer ploure ser faedor de pluja, però no xaman. Fer ploure ser només el nivell més baix de l'art dels xamans.

La Tina respon:

—Digues al meu col·lega que té raó. I digues-li també que es pot aprendre qualsevol cosa: llegir, disparar o fins i tot l'art dels xamans. I, de passada, recorda-li que nosaltres, els xamans, no hauríem de parlar dels nostres poders.

Mentre el cap tradueix a l'home medicina les paraules de la Tina, ella treu una poma de la seva bossa de cuir i la posa sobre el cap de la Costella Coent, que continua lligada al pal dels sacrificis. Sense dir ni piu, pren l'arc a un dels guerrers que l'envolten, treu una fletxa del carcaix i tiba la corda. La Tina ja sap que el seu encanteri per a fletxes ha fet efecte, i... amb un *ffiuuuu...*, la poma queda perforada just pel mig.

Tothom comença a xiuxiuejar, i n'hi ha que fins i tot piquen de mans. La Tina ja ha tret del carcaix la darrera fletxa i torna a apuntar cap a la poma. La fletxa passa xiulant i divideix de dalt a baix la primera fletxa.

Ara l'alegria es torna indescriptible... Però s'apaga a l'acte quan l'home medicina treu el seu ganivet i avança cap a la Tina. La mira de fit a fit i, finalment, posa l'arma als seus peus!

I aleshores què fa la Tina? Després d'agafar el ganivet, talla els lligams de la Costella Coent i del pocavergonya d'en Joe Fibló i torna l'arma a l'home medicina.

Els pellroges tornen a aplaudir enmig de la cridòria, fins que el cap Cavall Cofoi s'encarrega de restablir la calma:

—Nosaltres esperar fins que Kaiowak arribar per celebrar gran *powwow.* Jo creure que amb això portar llum a la fosca i tot acabar bé.

En sentir aquestes paraules, la Tina i la Costella Coent s'abracen.

—Hauries pogut venir una mica abans... —diu la Costella rient.

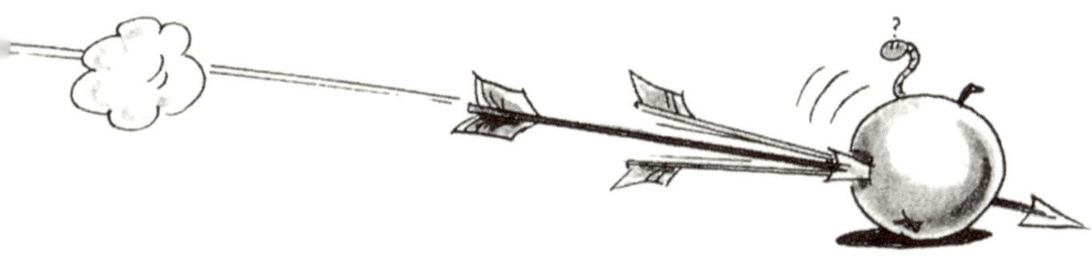

—El Vell Moltó Esquilat t'ho explicarà tot —respon la Tina.

Sap que ja no disposa de temps per a ferho ella mateixa: l'alarma del seu rellotge de polsera ja fa quasi mitja hora que li recorda que ha d'emprendre el viatge de tornada.

—Me n'he d'anar de seguida —es disculpa a l'amiga—, o si no, un *powwow* ben desagradable m'esperarà.

La Tina sap per les novel·les de l'Oest que el *powwow* és una mena d'assemblea en què cal explicar i justificar moltes coses. I això és precisament el que li espera si no és al seu llit a l'hora de llevar-se!

Tot estrenyent el ratolí de peluix contra el seu pit, pronuncia l'encanteri i aterra directament al seu llit. Tot just acaba de posar-se el pijama quan la mare pica a la porta per despertar-la.

—Quina olor tan estranya que hi ha aquí! Com si haguessis encès una foguera a l'habitació...

—D'aixòòò..., ehem... —mormola la Tina mentre s'estira les mànigues del pijama perquè la mare no vegi les rascades que té als braços—. La veritat és que ha estat una nit ben mogudeta...

Trucs indis
del gran cap
Cavall Cofoi

Els indis solien posar-se uns noms d'allò més originals. Per exemple, hi havia un pellroja anomenat *Lluna rodona,* i un altre anomenat *Bóta per a collir l'aigua de pluja.* Segurament el primer va néixer una nit de lluna plena, i durant el naixement del segon segur que va ploure a bots i barrals.

A vegades, els noms també es canviaven d'acord amb les gestes dels seus posseïdors. Així, segur que *El qui endevina amb la fletxa* o *Búfal Poderós* eren uns caçadors excel·lents.

Per què no et tries un nom indi que t'escaigui?

Abans, a Amèrica del Nord es parlaven més de tres-centes llengües diferents, i perquè els indis de les diferents tribus poguessin entrendre's entre ells, van inventar un llenguatge de senyals.

Com que en aquella època encara no existia el telèfon, els indis es van posar a rumiar i a la fi van aconseguir resoldre el problema de les comunicacions. Podien enviar notícies a través de llargues distàncies mitjançant senyals de fum i amb l'ajuda de miralls!

Entre tots els membres de la teva tribu, inventeu-vos uns quants senyals i assageu-los. (Però, sisplau, aneu amb compte, no fos cas que caléssiu foc a la catifa de la sala! Val més que, amb l'ajuda d'un mirall, parleu mitjançant reflexos llargs i curts. És molt més segur!)

Per exemple:

· ➡ reflex breu/núvol de fum petit

— ➡ reflex llarg/núvol de fum gros

. . . — — — ➡ SOS (Socors!)
. . . ➡ Alerta, enemic a la vista.
— . — ➡ Portem els búfals cap a vosaltres.
— — ➡ Ja no hi ha perill.
. — — ➡ Que vingui tothom.

Hola!

Aquest que veus a la foto sóc jo. Em dic **Knister,** i sóc l'autor de les aventures de la Tina Superbruixa.

Com que sempre m'ha agradat el vostre món, el dels nois i les noies com tu, he escrit una pila de llibres i cançons i també obres de teatre per a vosaltres.

M'encanta presentar programes de lectura a la tele, la ràdio, les biblioteques, els teatres i les llibreries del meu país (que, per cert, és Alemanya), i també m'ho passo molt bé quan treballo per a nois i noies que són discapacitats psíquics, o dislèctics, o cecs..., tots de la mateixa edat que tu.

Però el millor de tot és quan vosaltres participeu amb mi en les coses que faig, llegint els meus llibres i compartint les aventures dels personatges protagonistes.

En aquesta ocasió, he volgut presentar-vos la Tina Superbruixa. Com que és una bruixa supersecreta, em va costar bastant que m'expliqués els seus trucs de màgia, però al final ho vaig aconseguir. Encara que..., no sé per què, però tinc la sensació que la Tina Superbruixa no m'ha explicat tots els seus supersecrets... i potser encara li queden uns quants encanteris guardats a la màniga!

Índex

Trucs d'indi

Els llibres de KNISTER

Tina Superbruixa i en Pitus

a Brúixola

KNISTER
TINA
Superbruixa
detectiu
revoluciona la classe
i els pirates
i la màgia del circ
Especial Aniversari
Idees màgiques per a fer festes, disfresses i jocs
Especial de Nadal
Idees màgiques per a manualitats, jocs i regals
al castell de Dràcula
Brúixola

Aquest llibre es va acabar
d'imprimir a HUERTAS,
Industrias Gráficas, S. A.,
el mes de març de 2003